A estalagem do som

2004 – 2006

ELISABETH VEIGA

Bem-Te-Vi

Bem-Te-Vi Produções Literárias
Av. Presidente Wilson, 231, 10º andar, Centro
Rio de Janeiro – RJ, CEP 20030 021
e-mail: bem-te-vi@bem-te-vi.net
www.editorabemtevi.com.br

Editoras responsáveis
Vivi Nabuco e Lucia Almeida Braga

Editoria executiva
Lélia Coelho Frota

Assessor especial
Fernando Pedreira

Assessoria jurídica
Manoel Nabuco

Design gráfico
Fernanda Pinto

Editoração eletrônica
Marcello Braga Machado

Comissão de Poesia da Coleção Canto do Bem-Te-Vi

Armando Freitas Filho
Lélia Coelho Frota
Lúcia Almeida Braga
Luiz Paulo Horta
Silviano Santiago

Revisão dos autores

CIP-BRASIL. CATALOGAÇÃO-NA-FONTE
SINDICATO NACIONAL DOS EDITORES DE LIVRO, RJ
V528e
Veiga, Elisabeth, 1941-
A estalagem do som : 2004-2006 / Elisabeth Veiga. - Rio de Janeiro : Bem-Te-Vi, 2007.
(Canto do Bem-Te-Vi)
ISBN 978-85-88747-26-5
1. Poesia brasileira. I. Título. II. Série.
07-0217. CDD: 869.91
CDU: 821.134.3(81)-1

19.01.07 24.01.07 000204

A Nossa Senhora das Graças,
de quem sou devota.

E. Veiga

SER

Ao vento:
um palito de fósforo
que pensa:
existo.

RELATÓRIO

Eu, com o parafuso-sujeito,
me sinto Elisabeth
movendo incongruências,
descabelos de pensamentos
e, batido no peito
sentido
significado insignificante
de querer viver.
Eu, na ponta dos pés
para não ser demais
elisabethmente desastrada,
burra
cheia de interrogações,
de estar no mundo sempre
atrás de portas,
batendo como um tanto faz.
O vento me lambe às vezes
as feridas,
e os remoinhos dilúvios
não enxugam
nostalgia de algumas vozes:
não sei se ainda soarão
a tempo.
Eu, apertada de mim contra o peito:
todos estão dentro.
Partida de mim (por dentro), e
sempre com um boa tarde gentil,
prezado senhor, muito obrigada
(pelo lado de fora),
como se eu não fosse um desengonço
do silêncio,
arame farpado que ama
e, porisso, se afasta.

Eu, Elisabeth disso tudo
sei que sou consciência
e nenhum peso
na manivela do mundo,
porisso não me reconheço
objeto
de etiquetas.
No alforje,
uma unção de Sancho
me esconjura.
De meu, somente a dor
da minha assombração
sem pouso,
na comédia,
para não ser a última trágica
nenhuma.
E vou depositando
ovos incubados de poesia
vislumbrada em chamas,
cinzas tagarelas,
e a ventoinha na almacorpo ainda
ardida, mas
de quem sabe a reflexão
com os joelhos na terra
visionária.
Sou o meu porto que carrego
– cada saber se descreve
no caminho –
como as alucinações no deserto.
Imaginariamente converso
com a cor sempre mais verde
perto-longe.
O fim está cravado em mim
e não repousa,
e não responde:
como, quando, o que?

SONATA ACHINCALHADA

1 (coisas de superegos)

Canonizaram o esqueleto da burra.
Entronizaram-lhe os quartos traseiros
num andor.
Suas mandíbulas
atarracadas
silvam bênçãos.
Condenaram-na ao inferno.

2 (esquisitices de ego)

Na algibeira da muleta
carrego
a panela de pressão social
fervendo,
e uma xícara de chacota
sem açúcar.
E resfolego, mula,
sem pretender o Olimpo
das belas letras,
vou trôpega,
vou pelo avesso
empacada.
Quem quiser que funcione:
eu sou um parafuso a menos
da máquina do mundo.

CONVERSANDO COM A PÁGINA

Suspensa
entre a vida e a morte
penso cada dia
encravado no papel
com um rastro de punhaladas
comezinhas porque diárias.
Sentada no meio-fio
da estrada metafórica,
em que todos gesticulam
e desfilam, eu,
no meio-fio, ridícula,
com as mãos na cabeça:
meu Deus, que eu não enlouqueça,
vim descabida de mim, e agora
encardida de vazio,
pendurada para secar
ao vento
lágrimas de suor
às margens do sangue frio:
a ponte - é só saltar.
Penso com a página as feridas
que não cicatrizam,
mas é conversar a vida,
ir conservando o enquanto
desencantado: faz parte
do calendário.
O ônibus perdeu o rodízio
de alegre e triste
e eu confiava
ia até
mas a guinada estreita apertou no freio

que o poste
estatelou as latas,
só vejo um trajeto curvo
em que oscilam
os nervos.
Sentada no meio-fio.
Qualquer sinal é possível.
É noite e não há estrelas.

CARTILHA DE MAR

O livro de marear
abre amarguras
singra madrugadas:
náufragos ressoam
e escuto as pisadas aspérrimas
do medo.
Vem do horizonte
e me carrega
um poema de caniços
troncho,
meio jangada,
meio meu jeito esquerdo
neste mundo tão destro.
E, em atonia retorcida,
retorno
ao que fui, aos tropeços
com os nervos do silêncio
arrepiando
o mar.
(O coração do mundo
apertado no peito)
O muito e o depois
soam
em brevidade última.

POEMA A CONTA-GOTAS

1.
No meu apartamento
a solidão é tanta
que se ouve
o conta-gotas
do tempo.

2.
Sou uma minúcia do passado,
a música minúscula
da dor
desengavetada.

3.
A clarabóia da solidão
lusca-fusca alta:
a minha luminária
é a alma da lua
porque já sou toda
imaginária.
Minutos voejando
em torno da lâmpada
são meus cacoetes
de viagem:
ver
seja lá o que for
esse vou não vou
viver.

O BALDE

Recolhi num balde
um pouco de esperança:
era o menor oceano do mundo.

Vi as plantas raquitizando,
o chão queimava,
então brotaram meus soluços
sem sossego,
debulhando um canto.

Tanta secura a desfiar acrílica
estrídula,
me boiava uma lagoa no olhar
tudo era tanto, que sem saber onde,
nem poder guardar,
fiz de conta
que havia um verde longe,
um dedal de esperança
e não debalde.
Então me derramei
de amar.

A ESCREVIVENTE

Escrevo como quem sobrevive
e se diz: em frente,
mesmo ardida
nas palavras,
mesmo que não
haja
um pingo de monossílabo.
(Um nó na garganta
tinta do grito:
não há.)
Cravada em negrito
uma caneta errante
no
silêncio arranha a página:
dói, tão somente do que era
som.

O POEMA DO MONOSSÍLABO

Não: à guerra
que nada enxerga
e enterra o próprio vazio
como quem corta uma perna
de si mesmo: a humanidade
é toda da mesma carne.
A violência amordaça:
pânico
que transforma em mortalha.
Pelas crianças – não –
trocadas de mão por migalhas:
sementes de violência
perambulando ao relento
com o olhar baço de cola.
Não: ao tóxico que explode
em pólvora por dinheiro
lavado em sangue. Não:
às jaulas amotinadas
onde fermenta o gatilho
de uma escola sem escolha.
Não: desde o principio
no funeral FEBEM.
Não: à crueldade nascida
em condomínios de luxo
dos prematuros das armas
que brincam de vida-game,
roleta russa de carros.

Não: às lágrimas secas
rotinizadas, moídas.
Não à atonia da guerra
solavancando o planeta,
ao nome de Deus crivado
de vinganças e cobiças
com fel que torce a fé
até torná-la sacrílega.

Sim: de desamarrar
os braços cruzados
e desatar o impossível.
Sim
de mãos dadas
para abraçar o mundo
como se fosse uma praça
com gosto de família grande
e várias pátrias.
Um dia sim é utopia,
mas é reinventar
a lâmpada.

NOME

Exércita, esse é o nome
da minha população
de corações.

Alvoroço, esse é o esqueleto
que me ergue o corpo
tiritante.

Adiante : vê
o mesmo que viu atrás
e o cansaço presente
para carregar. Não posso
jogar-me fora.
Sou um rastro que me obriga
a caminhar
e a perambular pelo teto
das tautologias
e dizer ao féretro:
ainda não,
com a garra quebrada
que maneja
a caneta-mariposa
                    como espada.

MINUETO EM DOR MAIOR

Como pode a mesma espécie
ter parido Hitler e Gandhi?
Não eram a mesma carne,
não podia o mesmo sangue
ser o veneno de um
e o que conduzia leves
pegadas da paz.
E hoje? Hordas
de desumônios farejam
o chão estremecendo Terra afora,
disseminam o horror,
esmurram à guerra
como quem pratica o esporte
de idéias,
ou enchem o bolso, bucho
de sofisticadíssimos
animais: demências sapiens.
O que é normal?
Paralelo? O que é a-?
Colapso da camisa-de-força:
a loucura está para cá
ou para lá da janela?
Há uma imensa mesa de chá
em que não se quebram louças:
desfaz
o medo trivial para debaixo do tapete,
dissimula,
com o sorriso bom-dia
brilhante
o que não cabe em nenhum fuso horário:

cada um improvisa sua rotina
breve,
degustam
(talvez com fina angústia oculta)
os deliciosos coloridos da vida.
Mas, e se for um comercial?
O espetáculo não pode parar
e as mutações são cada vez mais
sacudidas rápidas
que.
Segurem o planeta no ar,
procurem em toda parte
a matéria de que é feita a palavra Deus,
porque aqui há falta,
e está cada vez tão rarefeita
e seus ecos tão bizarros
que, nesse chão que irmana a morte,
talvez haja indício,
algum quase insignificante,
de um significado para existir a alma.

INSCRIÇÃO

Na linha de fogo
se tatuam lágrimas:
na página grunhida
palavras de lava.
Na arrebentação das palavras
fora dos livros:
janelas batem
para todos os lados
a encadernação gasta.
Nas linhas de fogo
da palma das mãos
a inscrição dói
e desafina
e os reversos implodem
na paisagem branca
de cinzas.
Nas linhas de fogo
corre em zigue-zague
pelas veias
uma urgência de paz
que atordoa, toada
para ser
o que não cabe
na palavra:
futuro?

DIÁLOGO IMAGINÁRIO

1.

Onde está Fernando Pessoa
que sempre perguntou
para onde ia?
Em pegadas esculpidas
em palavras?
Por onde andaria
do outro lado (se houvesse)
na divisão alucinada,
entre o aqui e o depois,
como se houvesse,
por saber, propósIto
além
(com ou sem
bilhete de miragem).
Estaria mirando o infinito
após a última estalagem?
Que espécie de lucidez,
translúcida, seria
divisar o que não cabe
em toda a inteligência do olhar?
Ou, somente haveria
a desinfelicidade
do tempo de existir,
aquém
do chão?

2.

De onde há promessas venho
por cumprir
a certidão dos deuses
por ter nascido
e feito essa mensagem
diferente daquela
que carrega um fardo
com que finda.
Por minha promessa:
cumpri tudo o que não era acaso
na terra consentido em ser
fruto da morte, sina de viver.
Assino
o sonho da morte sim,
vir ver.

CORAÇÃO

A minha etimologia
é toda coração:
abraça
até transbordar
dos braços
o acalanto,
acolhe com as asas.
As minhas mãos
se entrelaçam em ninhos,
além
de onde alcançam
os braços.
Teluricamente mães
dos desolados,
dos expatriados da terra,
os que se dobram,
caem,
os atônitos dos caminhos
devastados de guerra,
os secos, os tontos,
os que não se encontram
e estão no olhar das crianças
assustadas:
mãos escritas para abrandar
mundos
num rio mais antigo
que as nascentes
das auroras
de onde vem uma canção
rolando
por sobre as pedras

como se viesse deitar sonhos
às noites que rondam
encarniçadamente
os que tombam.
Vem, guarda no meu silêncio
ditirambo
o amor com que se abre a paz.

DIÁLOGO ALUCINADO

Meu Deus, meu coração
estão espatifando:
chuva de confete velho:
desfesta.
Meu coração na multidão
toda ele cotovelos,
desaconchego
de ária no deserto,
meu coração tambor
saindo pela boca:
amontoado
sem som.
A minha fé está com febre
(Se Deus não entender,
quem há-de?)
Meu coração é um tombo
no poço
de mim mesma,
esbugalhadamente lágrima,
navegação de lembranças.
Os idos rangem
com a engrenagem fanhosa
de algum relógio
surrealista:
eu é que estou um
esboço mudo no alarido
em toda parte sem sentido.
É uma lamentação horrível
e melada,
pode-se dizer.

Ou constatar:
ainda está respirando.
Qualquer ponto de vista
não me veste:
estou crua, no osso,
e a realidade
em tecnicolor
não é para o meu bico.
Beijos.
Meu coração explodiu:
varri para debaixo.

POEMA DE ORELHAS BAIXAS

1.

Estou mais ovelha
do que se realmente fosse:
mansa insana,
desentoada no percurso
(vou puxada pelo pescoço)
mesmo de marcha a ré,
arranhando o chão
com o calcanhar dos poemas,
vou na contrapé apertada
no código da geléia geral
e pareço, como deve ser,
igual a qualquer coisa
bem comum, nada demais
nem de menos,
no travesseiro de espinhos.
Assim: ovelha
e tristes, tremem os bambus
das pernas, tropeçando
no i:
atávico, inevitável
(daqui a pouco tiram o "o",
e estou é velha
de chinelos metafísicos:
uma questão de janela
de tentar interpretar
o mundo, enquadrada).
Tímida,
pingo não sei,
desculpe:
isso não é novidade.

É que esqueço:
a velhice atrevida
quer atrelar,
já está fora de hora.
E sou um rebanho de
orelhas baixas, tantas
que não dou conta de mim
quanto vario.

ARQUÊ

Tonta redondez,
a tartaruga
se move bandejando,
desengonçando:
barcaça.
No olhar a mágoa
bóia
quase bovina.
Toda ela
se esparrama
abarcando ovos
(pérolas graúdas
do ninhal de dentro):
abastece silêncios
de paisagem marinha.
Vai maleando, resguarda
tanta ternura
que é comovida sempre
em sua casa:
acolhida, acolhe
gentil no tato
em sua forma
quase abraço.
E ela se aplaina
com as nadadeiras belas
de cavar água calma
em balé.
Voz inaugural
de oceanias
neblina,
se espalma e vai
a remos, se alternurando,
assoberbada em si,
primeva.

DEUS

A hora de Deus
é trans-
lúcida,
coberta de nuvens.
Soa consoante
a linha de sintonia
com o fim.
Escrita
antes que se acredite
ou duvide,
ouvida só pelos anjos,
não há apelo que a antecipe.
Vai segredando no ouvido das coisas
para que aconteçam
em ordem e desordem simultâneas,
casuais
(não por acaso,
mas por silêncio
de toda explicação possível).
Deus é o paradoxismo
que rege em si
tudo
no desconcerto certo
de todos os relógios.
Impele a multidão
em marés,
onde cada indivíduo
interroga e se supõe
vencedor ou vencido:
mas é apenas a distância
entre paralelas
na direção do infinito:
decodificação individual
do que estava escrito.

DESVENDAVAL

"santificado seja o Vosso Nome"

Aldebaran do sonho,
que em toda a sua luz relampeava
assombro.
rasgou o horizonte:
cumpra-se a palavra.
Era gigante o que arcoirisava
a fronte humana.
e a insígnia alta clareava
a justiça extrema pela paz.
E se calaram todos: era Deus.
A estrela do universo inteiro
em ponto, em sua Presença.
E estremeceram todos ao dizer Seu Nome
que Ele erguia
para abater pesado os que O desonraram.

AVE

O estampido estala.
O som no céu,
é uma estrela:
árvore da vida
desabrochando a grande copa. Ave
Maria implanta a sua mão na terra,
o reino,
acolhe a natureza ferida,
amealha em si
a humanidade em desvalia.
No dia primeiro do mundo:
ave branca a clarear o céu
e o portal da liberdade
escrivida. Cumpra-se o milagre.

PONTO FINAL

ver: vi

PONTO DE VISTA

vi: verei

O GRITO DA CRIA

Estou chorando a cântaros
em dodecafonia
(dói na cabeça
que bateu de ponta com a
vida).

Estou em ponto de lágrima,
quase um lago,
onde as pedras brotam
sons e amarguram
os sins
não conseguidos:
é o grito da cria
vem do ventríloquo esquerdo
dos braços que abraçam
o vazio
e me arrepio de arame
em queixumes,
escultura de porca-espinho
crivada pelo que, amor,
era alfinetes.

Assim estou uma almofada
tão redonda
que só doido entende :
a alma sai pelos poros.

Saí e fui relâmpaga
o grito da cria
silêncio sonoro
à sombra do silêncio
a cântaros
sonhando

E vi um arco-íris breve
e tão brilhando.
Era tudo o que eu queria saber :
que existe vida.

ARCA MARINHA

A tartaruga se comove:
desdobra lenta o caminho
do mundo
em reinauguração marinha,
se desdobra lenta
de dentro para fora.
Tão redonda anda
amanhecendo
em sua mansidão de música
matriarca
de auroras marinhas,
abarca em multidão o amar
para se espraiar.
Corola de espumas rendas,
com nadadeiras-pétalas
mágicas
recolhe e dá
se devolvendo à vida.
Arca marinha transborda:
o poema.

O POEMA

De estalo
salta o poema na mesa:
olha para um lado
e o outro:
tenta entender
como tinha nascido.
Uma estrela parece
refletir
o som que o poema espargia:
sua origem que ele carregava
feito cauda de
cometa, noiva, ou bicho
e sacudia em urgência
na inexistência fantasmal
da brancura da página –
não tinha ninguém
para gostar ou não.
E o poema arredondou em toda
a sua lágrima,
boiou lúcido ao ver,
se arregalou, só,
e caiu em cascata cintilante:
a sua estrela era a hora de soar
aprendiz do instante no mundo
(a imperfeição gigante),
embolou com a música das coisas
desbotadas, varridas, descabeladamente
um xis sem equação.
O poema nasceu porque era todo espanto
cheio de pontas.
E o ruído que se ouve atrás dele:
sou eu.

UM LANCE DE PARÁBOLA

1.

Os dados passam pelos dedos
                        de Deus.

O acaso é um véu
em que ninguém lê:
o fio do tecelão
é o silêncio enquanto
em sua grande mão
a cordilheira das marés dança,
o universo dispõe o ovo em que
giram as farândulas:
a ilusão do tempo.

2.

Talvez três parcas tristes
sirvam o desumano ao enigma
salgado da existência.
Talvez Sísifo, talvez Prometeu
entrelaçados ainda
na escultura
do esforço humano
humanizem a pedra :
                        sangue, suor e chão.

Elisabeth Veiga nasceu no Rio de Janeiro, e publicou em 1972 o seu primeiro livro de poemas: **Gosto de Fábula**. Desde este livro de estréia, em que o burlesco é solene e seu fabulário pessoal se vê muitas vezes atravessado por um profundo veio filosófico, Elisabeth domina o barroquismo do seu imaginário com um fazer preciso do verso e um obstinado rigor na linguagem que inventa. Heloisa Buarque de Hollanda considera que o seu segundo livro – **A Paixão em claro**, - de 1992, "consolida o seu lugar na primeira linha da poesia brasileira contemporânea". Seguiu-se a este **Sonata para pandemônio** (2002) em que a poeta apura ainda mais as qualidades apontadas nos seus trabalhos anteriores: "Por isso / minha linguagem/ arrevezada é sem números/ exatos. Descalculo/muros de abstração./ Sei iscar/ com antena de fantasma/uma idéia num ovo,/ como quem pinça/ um relâmpago."
Em **A estalagem do som**, que reúne poemas de 2004 a 2006, Elisabeth acrescenta às suas dicções anteriores uma maior preocupação metafísica, na qual se renova a sua arte poética. Como em *Ave*: "O estampido estala./ O som no céu/ é uma estrela: árvore da vida/desabrochando a grande copa."

L.C.F.

Índice

Este livro, sexto da coleção Canto do Bem-Te-Vi, foi impresso em abril de 2007 para a Bem-Te-Vi Produções Literárias Ltda. em papel pólen soft de 80 gramas, com tiragem de 1000 exemplares pela Imprinta Express Ltda. Rio de Janeiro, RJ